KB151031

차례

———

곽은희 Eunhee Kwak

——

국어국문학 박사
시와정신 등단 시인
한남대학교 탈메이지교양융합대학 초빙 교수
대전신학대학교 책 읽기와 글쓰기 강의
전국교회학교 글짓기 심사위원 역임

수상 및 저서
문화체육관광부우수교양도서. 수상작수록
현대 수수께끼 · 현대 속담 (커뮤니케이션북스) 외 출간

현) 한글학회 회원, 한국교양교육학회 임원
한남대학교 사고와 글쓰기 초빙 교수

E. earnhee@hanmail.net

시인의 말

———

시는 사탕수수 나무를 오랜 시간 정제하여 추출한 설탕과 같은 가장
달콤한 언어입니다. 장녕 아티스트의 타이포그래피는 작은 달콤한
언어를 작품 속에 숨겨두고 수수께끼처럼 찾아내도록 합니다. 어렵게
찾아낸 시는 다시 잃어버리지 않도록 생각에 새기고 외우게 됩니다.
사실 자기 자신이 바로 시입니다. 그리고 무수한 언어는 세상입니다.
새벽에, 뜰을 거닐며 기도할 때 어둠 속에서 신문이 툭 담 안으로
떨어졌습니다. 날이 밝아오고 풀밭에 넓게 펼쳐 놓고 꼼꼼히 읽습
니다. 어린 고양이들도 신문 위에 올라가 같이 읽습니다.

지난 크리스마스에는 교회에서 시를 한 편씩 선물로 주었습니다.
사람들은 이것저것 찬찬히 읽어보다가, 마음에 드는 시를 발견하면
기쁜 빛이 얼굴에 가득하였습니다. 시를 읽는 것이 행복하다면 깨끗한
마음을 가진 것입니다. 아껴둔 감을 새에게 나누어 주며, 시를 쓰며
긍휼을 배웁니다. 착하게 살라 하신 부모님과 도와주신 분들께 감사
드립니다.

장 녕 Young Jang

홍익대학교 조형대학 광고커뮤니케이션디자인 졸
독일 슈투트가르트 국립미술대학 커뮤니케이션디자인
(Staatliche Akademie der bildende Kuenste Stuttgart)
홍익대학교 커뮤니케이션디자인 박사 수료

수상
독일 레드닷 디자인 어워드 수상 (Red Dot Design Award winner)
corelle art awards patter design 1st 대상수상
경상북도 전통문양 디자인 공모전 금상수상

홍익대학교 디자인컨버전스학부 출강
한남대학교 융합디자인전공 겸임교수 역임
현) KGMA 한독클래식음악협회 디자인 수석연구원
우송대학교 미디어디자인 겸임교수

T. 010 – 3852 – 0837
E. wkddud83@gmail.com

아티스트의 말

———

시각적 표현을 하는 디자이너에게 타입(Type, 문자)만큼 중요하고 매력적인 소재는 없습니다. 일러스트나 사진처럼 한눈에 끌어당기는 주목성이나 직관성은 부족하다 여겨 질 수 있으나, 타입 만큼 대상에게 다양한 표현과 더불어, 정확하고 깊이 있는 전달을 할 수 있는 것도 드물 것이기 때문입니다. 그렇기에 '시' 만큼 '타이포그래피'와 가장 합이 잘 맞는 분야가 또 어디 있을까요? 아름다운 시의 말들로 타이포그래피를 구현하게 해주신 곽은희 시인님께 감사드립니다.

개인적으로 기도 할 일이 많은 요즘, 시와 함께 한 이번 타이포그래피 작업은 저에게 작은 기도문의 읊는 시간 같았습니다. 소리 없이 손만 움직이는 반복된 동작들은 복잡한 머리를 단순하게 했고, 켜켜이 쌓여가는 연필 선들, 덧붙여지는 종잇조각들은 심란한 마음을 따뜻하게, 그리고 단단하게 해주기도 했습니다. 이렇게 빚어진 시와 디자인. 마주하시는 모든 분들께 아름답게 잘 전달되기를 바래봅니다.

이 과정에 도움주신 많은 분들, 항상 최고의 지지를 보내주는 사랑하는 가족들 고맙습니다.

가을 꽃 I 70x70cm I Digital Printing I 2023 Young Jang

가을 꽃

———

봄꽃으로 오신 선생님
가을 길로 걸어가시네.

분홍 저고리 검정 치마
일흔 해 뜰을 지나서

앉으시던 자리에는
책을 가득 남겨두고

제자 사랑 예수 사랑
어허 둥둥 한글 사랑

봄 길로 오신 선생님
가을꽃 되어 떠나가시네.

들꽃 ∣ 129.5x93cm ∣ Mixed Media Callage ∣ 2023 Young Jang

들꽃

———

우리가 저 풀 같은
노란 들꽃을 생각하는 것은
그 꽃이 살던
들로 나가고 싶기 때문입니다.

들길과 바람결과 마을
동물들이 뛰어놀던 잔디에
꽃잎도 이파리도 흔들리는 연약한 사랑으로
들꽃처럼 누워보고 싶기 때문입니다.

그저 향긋한 노란 들꽃을
이리도 정처없이 바라보는 것은
저 꽃잎이 가볍게 내 마음에 날아오듯
세상에 날아와 향긋하게 살다 흔적없이 가길 바라기 때문입니다.

오늘 피었다 지고
내일 피었다 다시 지는
우리가 저 들꽃이기 때문입니다.

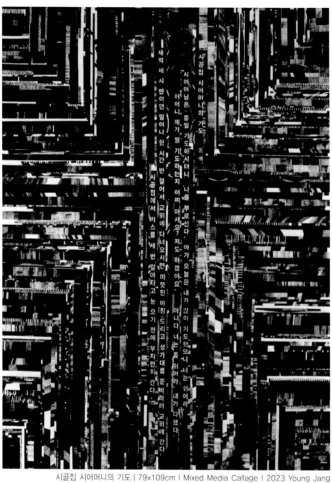

시골집 시어머니의 기도 | 79x109cm | Mixed Media Callage | 2023 Young Jang

시골집 시어머니의 기도

시어머님은
종일 기도하시더니
나를 부르신다.

아가
오늘은 내가
많이 기도했으니 너는 쉬어라.

어머니
제가 뭘 기도하는지 어찌 아셔요?
저도 하겠어요.

아니다
너는 좀 쉬어라.
내가 다 했다.

새벽 세 시 반이면 일어나
한 시간 반 걸어서
교회에 다녀오시면

따뜻한 아침 드리고
성가대를 준비하러
교회에 간다.

시골집에서
버스를 세 번 갈아타고
눈 오기 전에 부지런히 간다.

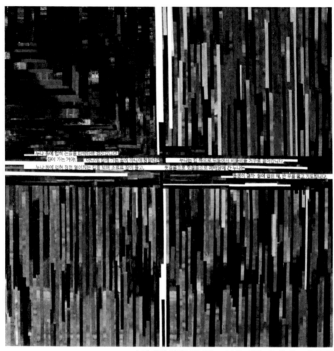

누나 등에 업혀 | 50x50cm | Mixed Media Callage | 2023

누나 등에 업혀

―――

누나 등에 업혀
논길을
타박타박 걸어갑니다.

집에 가는 거야
아니야, 집에 가는 길이 아니야
칭얼대면

누나는 집 쪽으로
뒤돌아서
비뚤비뚤 거꾸로 걸어갑니다.

누나 등에 업혀
점점 멀어지는 집을 보며
소르르 잠이 들고.

뒷걸음으로
뒷걸음으로
예배당에 간 누나는

동생이 깰까
등에 업은 채, 반 무릎 꿇고
기도합니다.

마음을 묻고 | 50x50cm | Mixed Media Callage | 2023 Young Jang

마음을 묻고

——

어머니의 마음을 묻고 돌아온 집
아기고양이가 병에 걸려 모두 죽고
어미 한 마리만 남아
울고 있었어요.

어미 고양이는 동네를 다니며
죽은 아기고양이를 찾다가
상처투성이가 되었지만
따라 죽지는 않았어요.

다음 날도 또 다음 날도
가지마 가지마 불러도
한 번 뒤돌아보고 담을 넘어갔지만
저녁이면 돌아왔어요.

두 달이 지나고
아픔이 가시고 슬픔만 남아서
종일 죽도록 외로웠지만
따라 죽을 만큼은 아니었어요.

마음을 묻고 돌아온 날
사랑이 저를 따라
집으로 돌아왔으니까요.
살아라 살아라 그러니까요.

어머니의 손글씨

――

어머니는 아침마다
책상에 성경을 펴 놓고
손글씨로 성경을 쓰셨지요.
오른쪽에 쓰시고
다 쓰면 공책을 거꾸로 돌려
왼쪽에 쓰셨습니다.

창세기부터
요한계시록까지
해와 달이 달라지면서
글씨체도 조금씩 달라졌지만
또박또박 쓰신
어머니의 손글씨

순사 말 공부하는데
뭐하러 학교엘 가냐
느티나무 아래서 쉬고
산등성이에서 쉬고
벗들과 느릿느릿 학교에 가던
그 시절 이야기를 들려주시며

우리말 성경 한 글자 한 글자
손글씨로 남겨두고 가셨습니다.

아리랑

———

어머니는
휠체어에 앉아
건반을 꾹꾹 누르며

피아노를 치시고
흥얼흥얼
노래를 부르시고

아리랑 아리랑
굽이굽이
아리랑고개 넘어가신다.

나를 버리고
가신 님 아버지 만나시러
아리랑고개 넘어가신다.

꽃은 피었다 지고
다시 피는데
사람은 다시 오지 않는다는 원망

피아노 건반에서
구불구불한 손가락이 도레도레
하늘도 따라 부르는 아리랑 아리랑.

바람

살금살금
현관 앞을 지나
고양이가 걸어갈 초침초심
              앞만 보면서
게으른 집주인이 나오기 전
살랑살랑
걸어가는 소리여름
          바람
          소리.

바람 I 59.4x84.1cm I Digital Printing I 2023 Young Jang

바람

――

살금살금
현관 앞을 지나
고양이가 걸어가는 소리.

조심조심
앞만 보면서
이른 아침에

게으른 집주인이 나오기 전
살랑살랑
걸어가는 소리

여름
바람
소리.

더 멀리

———

조용한 새가
비명을 지른다.
고양이가
나타났을 것이다.

어디에 숨어 있는지
고양이는 낮게 풀밭에 몸을 붙이고
새들은 높은 가지에 올라 고개를 세우고
서로를 살핀다.

눈이 녹은 사이
정원에 뿌려 둔 좁쌀이
한 조각 흰 햇살로
반짝였을 것이다.

새가 다치지 않게
새 먹이를 더 멀리 더 멀리
뿌려야 한다.

나는 긍휼을 배운다.

새 소리

───

푸르푸르푸릇

플루트 연습을 하다가
새 소리가 나면
나가요.

모과나무 위에 앉은 울새.

피리피리피릿

높은 소리 연습을 하다가
새 소리가 나면
서둘러 나가요.

탱자나무 위에 앉은 종달새.

호이호이호잇

트릴 연습을 하다가
새 소리가 나면
급히 나가요.

백일홍나무 위에 앉은 노랑 할미새.

우리 교회 I 각 25x25cm, 9점 I Mixed Media Callage I 2023 Young Jang

우리 교회에는 봄도 살고 있다

——

우리 교회 가족은 아홉 명이다.

볼 때마다 자라는 아가
대학생이 된 예수님

이 마음 저 마음 살피시는 장로님
콩설기하시는 권사님

곧 결혼할 성가대에
앞마을 언니 뒷마을 오빠

집에서 성경 쓰시는 곱게 늙으신 할머니
아버지처럼 웃으시는 목사님

가끔 걱정이 있어 숲에 가는 날에는
봄볕이 곁에 와 앉는다.

우리 교회에는
봄도 살고 있다.

착한 흥부네 아홉 식구다.

동시

그리움

예전에 우리 집 뜰에
고양이가 들어왔어요.
할머니는 도둑고양이라고 했어요.

할머니 고양이가 뭘 훔쳐가나요?
훔쳐가는 건 없지
그래도 남의 집에 들어가면 도둑이지.

할머니는 가끔 마주치는 도둑님에게
훠이 저리 가라 헛손질을 하시고
또 가끔 못 본 체하시고.

할머니 도둑고양이가 저기 왔어요.
쪼르르 일러바치는 저에게
사람을 해치지는 않으니 그냥 두라고 하셨어요.

그렇게 여름이 지나고 가을도 지나고
첫눈이 오던 날
고양이는 눈처럼 조용히 뜰에 앉아 있었어요.

할머니 도둑고양이가 저기 앉아 있어요.
쪼르르 일러바치는 저에게
생물 박대하면 죄받는다고 하셨어요.

할머니는 고양이를 멀리서 흘낏 보시다가
이리 와 이리 와 부르시더니
고양이와 탱자나무 아래서 종일 소일하셨어요.

세월이 지나 뜰에서 풀을 뽑으시다가
고양이가 새끼 낳은 걸 보시고
삼시 세끼 저에게 고양이 밥 심부름을 시키셨어요.

생물 밥 안 주면 죄받는다.
할머니와 고양이는 첫눈처럼 조용히 뜰에서 소일하고
저는 어미 고양이가 낳은 아기고양이 밥을 주었어요.

세월이 더 지나 어느 날
고양이는 뜰 한 편에서 졸고 할머니는 생각에 잠기시더니
고양이를 데리고 하늘나라 뜰로 가셨어요. 세상사 툭 털고 가셨어요.

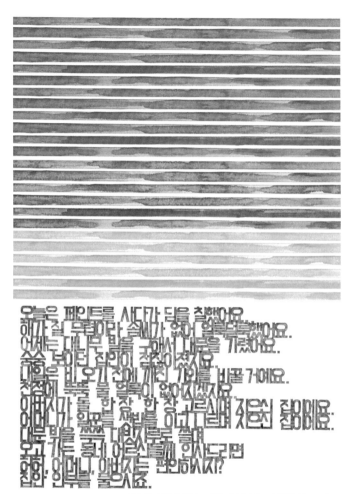

우리 집 ㅣ 59.4x84.1cm ㅣ Digital Printing ㅣ 2023 Young Jang

우리 집

———

오늘은 페인트를 사다가
담을 칠했어요.
해가 질 무렵이라
솜씨가 없어 얼룩덜룩했어요.

어제는 대나무 발을 구해서
대문을 가렸어요.
숭숭 보이던 집안이
점잖아졌지요.

내일은 비 오기 전에
깨진 기와를 바꿀 거예요.
천정에 뚝뚝 물 얼룩이
없어지겠지요.

아버지가 돌 한 장 한 장 고르시며
지으신 집이에요.
어머니가 일꾼들 샛밥을 이고 나르며
지으신 집이에요.

대문 밖을 쓱쓱 대빗자루로 쓸며
오고 가는 동네 어르신들께 인사드리면
허허, 어머니, 아버지는 편안하시지?
집안 안부를 물으시죠.

별 l 59.4x84.1cm l Digital Printing l 2023 Young Jang

별

———

별을 세어보자.
하나, 둘.

앞집 할아버지가
세상을 떠나신 날.

별을 세어보자.
하나, 둘, 셋.

비가 내린 날.
땅에 떨어진 별을 세어보자.

일곱.

올여름에는
이별이 너무 많았구나.

움푹 패인 물웅덩이
주님도 많이 우셨구나.

이웃집 손녀 ㅣ 70x70cm ㅣ Digital Printing ㅣ 2023 Young Jang

이웃집 손녀

———

여름날 햇볕을
뛰어다니며 놀았지.
이집 저집 문지방에 앉아
이야기를 들으며

이웃집 할아버지도 할머니도
모두 좋아하는 계집아이
머리카락 나부끼며
뛰어다녔지.

하얀 해가 데려온 그림자와 놀다가
엄마가 부르는 소리
해님 손 꼭 잡고
종강종강 집에 갔지.

고소한 추억들을 코 끝에
다닥다닥 남겨놓고
해님은 가을 뒤로
달아나 버렸지.

엄마
그게 어디 있어요?

냉장고에 있지.

엄마
아무리 찾아도 없어요.

그럴 리가 없는데.

엄마가 있다면 있는 거야.

잔소리하는 내 동생
믿음 좋은 내 동생

믿음 1 ㅣ 50x50cm ㅣ Digital Printing ㅣ 2023 Young Jang

믿음

―――

엄마
그게 어디 있어요?

냉장고에 있지.

엄마
아무리 찾아도 없어요.

그럴 리가 없는데.

엄마가 있다면
있는 거야.

산소리하는
내 동생.

믿음 좋은 내 동생.

엄마 그게 어디 있어요?
냉장고에 있지.
엄마 아무리 찾아도 없어요.

믿음.

믿음 2 | 50x50cm | Digital Printing | 2023 Young Jang

믿음

———

엄마
그게 어디 있어요?

냉장고에 있지.

엄마
아무리 찾아도 없어요.

그럴 리가 없는데.

엄마가 있다면
있는 거야.

잔소리하는
내 동생.

믿음 좋은 내 동생.

말의 고향

———

마음 착해 집안일 부지런히 살피던
둘째 언니 시집가는 날
집에 오신 형부께

차는 뭘 드릴까요?
"어데예"

여기에서요, 차는 뭘 드릴까요?
"언제예"

지금요, 차는 뭘 드릴까요?

경상도 말로 '언제예'는
충청도 말로 '괜찮다'라며 웃던
말씨 고운 언니는

산 넘고 물 건너
'언제예'의 고향으로 시집을 갔다.
'괜찮다'도 따라갔다.

할머니 말씀

――

딸랑 딸랑
강아지가 종을 친다.

그러면 문을 열어 주렴.
쉬를 하고 싶은 거야.

딸랑 딸랑
강아지가 종을 친다.

그러면 문을 열어 주렴.
응가를 하고 싶은 거야.

딸랑 딸랑
강아지가 종을 친다.

그러면 놀아 주렴.
공부방에서 나오라는 거야.

넷째 손녀 방문이 열리기를 기다리는
할머니 말씀

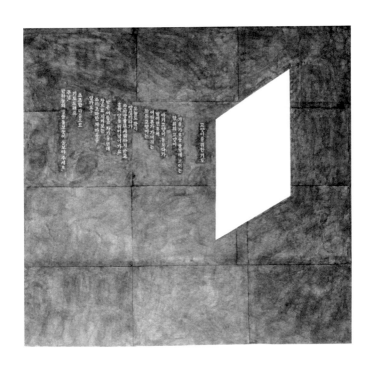

고양이를 위한 기도 | 79x109cm | Mixed Media Callage | 2023 Young Jang

고양이를 위한 기도

─────

겨울 가로등 불빛에 보이는
담 위의 고양이

아기고양이 돌보다가
밤이면 훌쩍
어디론가 가버리는
작은 고양이는

오늘도 잠시
망설이다가
찬바람을 무서워하지 않고
훌쩍 담을 뛰어넘어 가요.

밖은 어둡고 차가울 텐데
창으로 지켜보는
조마조마한 제 마음을
알까요?

초조한 마음으로
기도드려요.
주님,
밤하늘의 별을 돌보듯이 돌보아 주세요.

나무늘보의 친구

겨울 해를 따라 느릿느릿
친구 집에 놀러 갔어요.

이쪽에서 휙
저쪽으로 쌩
온 마당을 뛰어다니는
고양이네 집이에요.

갸웃갸웃
눈은 빛나고
솔방울을 굴리며
진지하죠.

참새라도 나무에 앉으면
끝까지 올라가 노려봐요.

근심 어린 엄마 고양이는
담 위에 앉아서
아가야, 조심조심.
참 부산스런 집이에요.

뉘엿뉘엿 숨는 해를 따라
제가 간 줄도 모르네요.

고양이 눈치보기

———

부스스 눈을 뜨면
달려와 아침 인사를 해요.
잘 잤니?

입맛이 없어 조금 먹으면
고개를 갸웃갸웃
아픈가?

귀찮아서 고개 돌리면
수선을 피워요.
열이 있나?

그땐 천천히
눈을 한 번 깜빡여 줘요.
마음이 하늘을 날아가죠.

심심치는 않아요.
언제나
내 눈치를 살피거든요.

심술 난 할머니
한 말씀 하시죠.
고양이가 할미보다 낫다.

한글 공부 I 70x70cm I Digital Printing I 2023 Young Jang

강아지풀이 글자를 만들었다

———

강아지풀이
글자를 만들었다.
ㄱ

토끼풀이
글자를 만들었다.
ㄴ

엉겅퀴풀이
ㄷ도 쓸 줄 알아
바람이 가르치고 있어.

한글을 배워야지.
수화를 가르치는
말 못하는 엄마 풀.

엄마,
사람들이
내 말을 이해할까요?

그럼
세상은
따뜻하단다.

다리 저린
아빠의
말씀.

까만 고양이

———

우리 골목엔 까만 고양이가 살아요.

뒷집에서 할머니와 할아버지가
복실아, 부르는 소리에
까만 고양이가 달려가요.
아침은 언제나 맛있는 닭가슴살이에요.

우리 집에서 제가
가을아, 부르는 소리에
까만 고양이가 담을 넘어 달려와요.
점심은 언제나 그저 그런 고양이 밥이에요.

앞집에는 아주머니와 아저씨가
이름을 부르지 않아도
배가 부르면 놀러 가요.
향긋한 꽃과 초록 잔디를 가꾸시거든요.

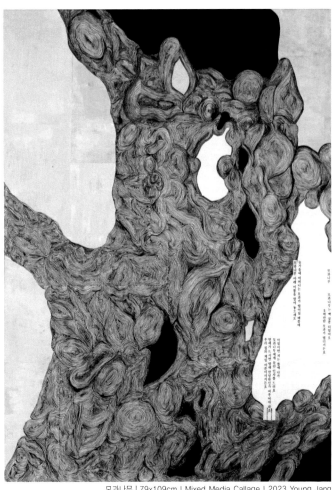

모과나무 | 79x109cm | Mixed Media Callage | 2023 Young Jang

모과나무

모과나무는
백 살쯤 되었어요.

호박만한 모과가
열리거든요.

늦가을에 어머니는
모과가 떨어질 때쯤에

모과나무 아래
이불을 깔아 놓으세요.

아침이면 저는 뜰에 나가
모과나무에게 문안 인사를 드려요.

연세가 드시면 밤새 안녕하신가 여쭈어야 하죠.
우리 집의 제일 어른이시거든요.

종이방석 | 79x109cm | Mixed Media Callage | 2023 Young Jang

종이 방석

———

밤중에 책상을 정리하며
방 청소를 했어요.

책을 옮기며
두터운 종이 한 장
치우지 않고
남겨두었어요.

종이 방석
고양이 자리

빈 방석 위에
종이 고양이 앉아 있어요.

강아지풀이 글자를 만들었다

ⓒ곽은희, 2023

초판 1쇄 | 2023년 5월 20일

지 은 이 | 곽은희
펴 낸 곳 | **시와정신사**
주　　소 | (34445) 대전광역시 대덕구 대전로1019번길 28-7
　　　　　　신창회관 2층
전　　화 | (042) 320-7845
전　　송 | 0507-075-2874
홈페이지 | www.siwajeongsin.com
전자우편 | siwajeongsin@hanmail.net
공 급 처 | (주)북센 (031) 955-6777

ISBN 979-11-89282-46-2　　　03810

값 12,000원